U0004198

潔癖

林夢媧

默
這本書要送給你
裡面有我的傷口與骨頭
有我私密的細
有我們的日常與愛意
謝謝你帶我來到這裡
愛你

林夢媧

目次

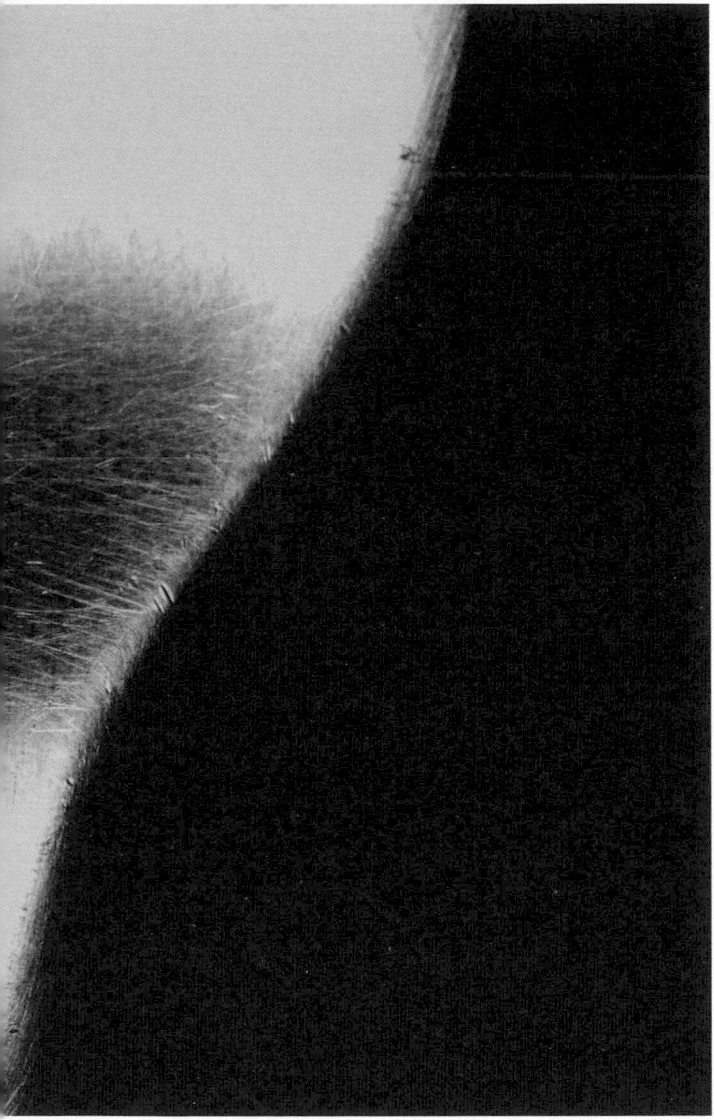

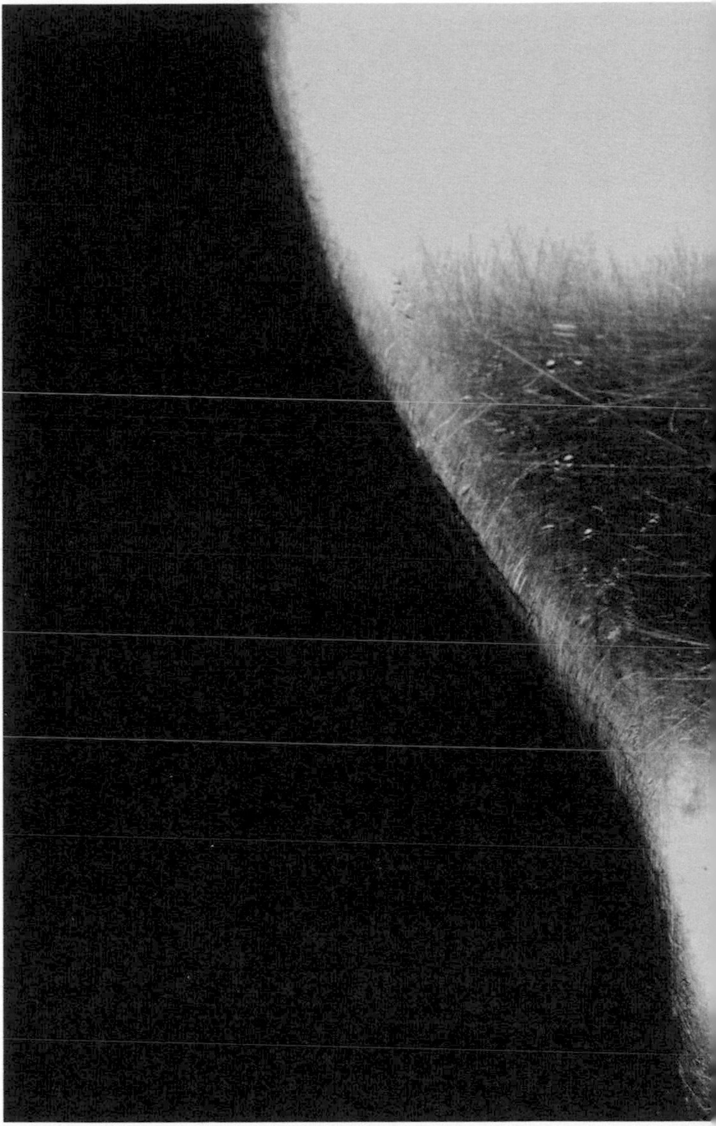

你說要回到日常

致W

清晨時分
樹最接近神
動物們
有著難以企及的
幻覺
樹不同
從來不睡
也不張揚光亮
不對黑暗坦承

不嘗試訴說
風吹來的每一座
城市
巷口安靜
切斷動物的鞋跟
腳步聲裡的
再見

中午的樹
更沉默
獨自佇立
獨自獨自
動物團聚的時刻

並不留下

夜晚
樹站在神的位置
離開樹本身
樹不是樹
樹還不是神
今天是同樣的
一天
安放了昨天
理所當然著明天
只是今天
祂說他要回去

祂說他要回去

親愛的
你不明白
懸崖是怎麼
把你逼死
並不是跳
並不是墜落
也不是停止
而是此生
你只能在邊緣
重複懸崖

徒勞

寫給小動物

禪

此生
我擁有的
都可以丟棄
可以隨時離開
他們獨立而
默許一切結束
世界沒有更好的去處
我傾向不易碎

因為我
就是自己最易破碎的
東西
至於你
是更易碎的念頭
甚至易燃
我阻止自己破碎
但你會在我不能接受的時候
獨自墜落
起火
也許此生我都接不住
你破碎的時刻
如同你降生

但我仍會這麼做

我喜歡我有時候是草原

如果我只有一隻羊
慢慢地、忠貞地
把我全部吃掉
那隻羊這輩子
選擇了我

我喜歡我有時候是森林
當我親眼目睹
一座森林
從一個女人的臉上凋落

我便是我自己的
目擊證人

我喜歡我有時候是海
和你相愛
水淹過來的時候
你留在原地
決定在溺斃前
把自己打開
讓水進來
讓它死
讓你的裡面
成為死因

我喜歡我有時候是地獄
所有毀滅的情感
都來自深處
想要毀滅世界的時候
並不知道這麼做會毀滅的
只有深處
在地獄依舊
渴求地獄

沒有人的時候再說一次

如果你很乾淨
能不能陪我玩
也許這樣
我就能因為你也變乾淨
你則因為我而變髒
髒是傳染病

如果你很髒
能不能陪我玩
負負得正

我們有機會一起
變乾淨
乾淨是暫時的
我們要一直意識到
自己的髒
這樣遇見同樣髒的人時
才能安靜地
互相凝視
我們的凝視
還很乾淨

失眠的時候
只想問問黑暗

都那麼髒了
能不能活下去

昨天夜裡
我作夢了
夢見有個男子在白色
充滿霧氣、沒有邊界的空間
赤裸裸地
戴著假髮
不停來回碰撞自己
試著變得銳利
跌坐在地上
明白了那個當下

沒有人找到他
只有一根針
扎在影子上
痛得
他尿了出來
把腳淋濕
狼狽地離開
對於被迫尿出來這件事
感覺受傷
偶爾，停下來觸摸
他的後方
那裡有往日
無法收拾的

他遇見的最後一個男人
帶著微笑
像是另一根針
身體的一部分
那時他把自己
安置在男人的懷抱
如同擁有一場舞會
哭泣的時候
整個世界都被滴落
隨後將男人推倒在地
一邊流淚一邊
對男人用盡
全身的利器

不知道是為了被愛
還是讓自己更傷心
把牆放在每一道入口
放任它往內吞食生長
睜開眼後
我無法肯定這究竟是夢
還是
我沒有醒來的可能

可是我也不知道

寫給流浪貓

你愛不愛我
愛我
就像我愛你
一個眼神
空氣就被觸動

未接來電

我想給自己
別一顆鈴鐺
只對你響
只回應你
每一句
只有你來
才發亮

回頭是岸

那一日
當我了解到自己
終其一生
再深再深
都不足以
與一隻貓
比美
儘管只是隻
糊塗貪睡
四腳朝天的流浪貓

或者一隻追逐獵物
而飛奔上樹
便不知如何下來的傻貓
或者樹
無論如何
都不可能比它
更茂盛水的意念
甚至一顆草
一朵花
一次雨季
每日閃逝過去的雲
受雲庇佑的
每隻鳥

厭惡鳥的每隻魚
還有忘了說的
魚肚子裡的海
他們讓我明白
至今我對美
做的一切追求
都是徒勞
以及徒勞
而徒勞剛好是
我所能擁有的
唯一一種美

寫給小動物

你不是我生的
你是我
從荒野搶回的
動物
野生
進入人間
慢慢長大
但一輩子
都被荒野召喚

背負荒野
也許日後
你是人
也許日後
你是人間野獸
一路奔跑回去
占領荒野
用身體開拓疆界
用身體
剪去開天闢地
剪去每一隻飛鳥
和地裂山崩
你還不明白

你才是自己的地獄
直到有人帶給你
另一個

親愛的
我是你的地獄嗎
或者你已抵達
另一座荒野
那裡
我們重新來過

回家是困難的
回家的路困難重重
困難
每天都重複一次
渴望見到的家人
也是困難的
他們就在原地
等我回家
原地有時越來越遠
今天我也回家了

今天也
困難了一次
家人和昨天一樣
家人重複我
回家的路練習
保持困難
不因為錯過
而迷路
每天都想回家
每天都自然困難

初生

被世界從迷霧裡面扯出
一下就失去光亮
一下就得
打開自己的營火
自己呼吸
自己負傷前進
而某人的傷勢
成為你的裂縫
你沿著縫隙前進
你就是縫隙

如果裂縫
就是你的來處
就是世界
只是世界並不面向你
並不
把地心引力給你
好讓你練習
每一種哭泣

黑眼圈

關於黑眼圈
我已無可作為
因為那是神諭
祂將兩尾相愛斷尾的母魚
交付給我
命我終其一生都不能
讓他們碰面
他們太貪婪
終於得到彼此後
便會離開

離開如同得到死前最後一滴水

並且這兩尾魚須與我同壽
若是他們死先於我
我便將獨自面對
岩石般的黑暗
直到被更深的黑色掩蓋
是以我將他們飼養於臉上
一輩子再沒有
相濡以沫的可能
分別告訴他們
戀人就在觸手可及的位置
就在那裡所以

想辦法過去吧
不理會來到我身邊時
就不可以再游泳的事實
我已經成為他們的神與海
我說，永遠愛戀，但永不相見

一開始
他們還想盡辦法翻動身體
移動身邊只夠擱淺的水
抱著所有的情欲向對方而去
可過幾年
他們依舊停留原地
愛沒有改變

但他們無能為力
也因此
兩尾母魚都懷孕了
都懷了我的孩子
懷著憤恨
他們的肚子慢慢鼓起
慢慢變黑
慢慢的
憤恨變深
那便是
我的黑眼圈
有一日母親看著我
還問說

吸毒了嗎
怎麼眼圈這麼黑
我沒有說話
但我知道不是的
不是的
我只是終於變成
兩尾母魚的孩子
我是憤恨

回想神諭
回想海
我明白我和那兩尾母魚沒有不同
我們同樣被困住

不，也許有一點不一樣
他們永遠愛戀，永不相見
我則永遠只是憤恨的孩子
聽命於母親的斷尾

喜新厭舊

撿回過去的事物
我一向不喜歡這種事情
就像不喜歡悲傷
可是又能怎麼樣呢
悲傷是自然的
自然是令人嚮往的
而我的不喜歡就在這裡面
清淡地消解了
我不喜歡
我還是沿著過去的邊緣走來

我不喜歡
總是失眠
失眠因為抵抗自然
因為如果我不喜歡
那也只是
自然而然

日日夜夜

生活至今
我已膽小如鼠
雖然在夜晚活躍
但總還是受制於
突然間
微微的腳步聲或者
房裡的某個地方
不論遠近
發出了只有我能聽見的
細碎聲響

每次我都忍不住自己想要看清楚的欲望
強撐著眼睛環視周遭
有沒有鬼
有沒有靈魂
或者有沒有惡意
我怕他們真的出現
也怕我沒看他還是
在我身邊
我只有一個人
根本不擅長聊天

我喜歡開燈
喜歡明亮

因為那對眼睛是好的
我的視力從小到大
儘管也有些退化
那也只是從二點零來到了一點二
但有人告訴我
要適應黑暗
因為光和暗並存
你開燈
不代表黑暗就不存在
它隨時都與你共鳴

當然
軟弱的我也害怕光

這是矛盾的
因為害怕黑暗
必然要面向光亮
但是在光亮之中
我什麼都看不見
幾乎與黑暗沒有差別
但這之中又有些不同
黑暗冷
光亮熱
我喜歡適量的光以及冷
另一方面來說
我喜歡白
喜歡自己有更白的可能

但光亮不行
它只能使我面對自己變黑的部分
而光亮不在的地方
我可以自在地
保持白以及冷
那即是黑暗
與光亮沒有分別

我害怕黑暗中
所有的蜂擁而來的東西
害怕身處於黑暗中
自己的遭遇
害怕黑暗的凝視

害怕黑暗的觸感
害怕黑暗的追究
更害怕黑暗中什麼都沒有
只有我
我便是黑暗

我也害怕光亮
害怕光亮的一切
害怕光亮帶來的盲目以及灼熱
害怕光亮刀子一樣的降臨
害怕光亮的潔癖
害怕光亮
就是黑暗

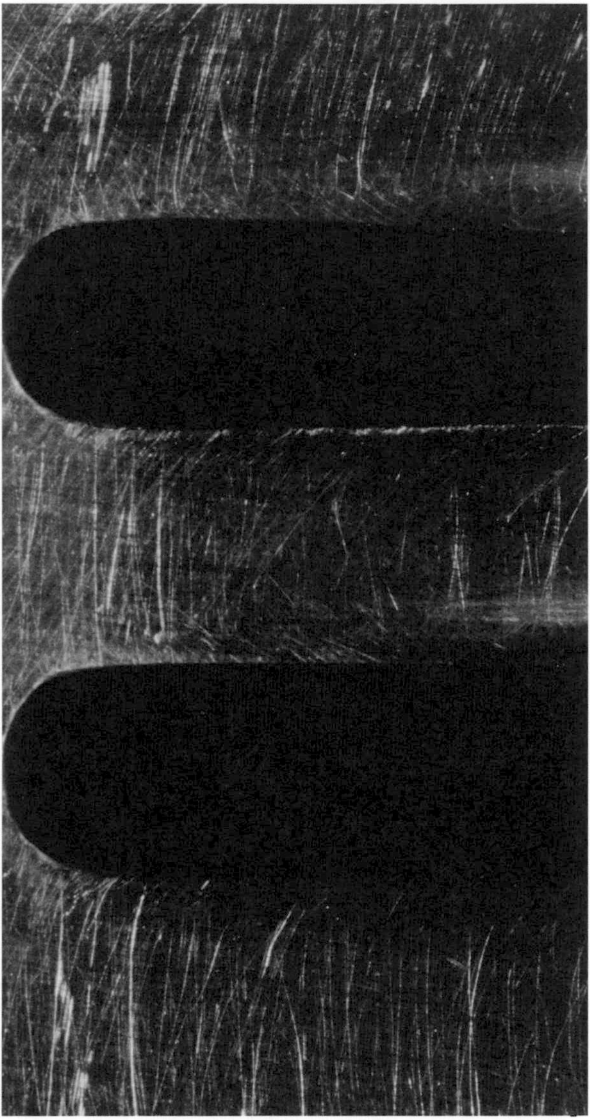

相愛

我已經接受
你每一種荒唐
在任何時刻
的死
死，被生拋棄
所以不要打來
不要告知
那些我
無能為力的仇恨

它們緊緊糾纏
你的脖子
慢慢勒死
你還勃發的
求生意志
枯萎
它們愛你
它們吃下你的所有
被你的惡意反噬
也就一起死去
像是焚燒過的
荒原
無人辨認它的脊骨

再沒有誰知道它活著
我也是
不要害怕變成鬼
你本來就是

慈悲為懷

小時候
如果失眠
母親便輕輕
安慰我
她說
總是受苦於劇烈的
恨也沒有關係
抵抗它
不要被吞噬
把還柔嫩的內裡

餵養恨的天敵
親愛的
那並不是愛
愛與恨無法分明
是日常
要從中抵達恨的來處
抵達恨
抵達恨晚年的劇烈
抵達恨的葬禮並致意
親愛的
你要知道
怎麼為自己送終

不再抵達

今天
天氣和昨天
一樣好
日光明亮
風聲從母親
二十歲那天吹來
那時和現在
我們被同一次當下
反覆穿透

母親小時候
美麗且開朗
就算整晚睡在河邊
就算在公路上失去自己的腳步
她也不會懷疑
今天
為什麼下雨
為什麼沒人
給自己打傘
為什麼雨
下在家裡

那我呢

我小時候
我不記得我小時候
如果摔倒很多次不算的話
如果摔倒後你過來照顧
我的傷口不算的話
如果你再也不過來
不算的話
如果你就是我的傷口
不算的話

共識

我死後
你會來到我墳前
哭嗎
那些我們曾共處的
細節
都在此時
鉤纏你的血肉
我的墳令你憂傷
我不在
我的照片之中

你燒給我的紙錢
我永遠收不到
像你寫給我的句子

每天來上香
你的淚水被整座墳接住
那不是我
我在旁邊
輕輕捧著花束
想送給你
但我忘了
你現在不想要花
你想要我

我們並不相愛

淋雨之後

有時候
以為過了很久
久得足以回家
但沒有
比如一場葬禮
永遠在昨天舉行
母親問
要回家了嗎
我想你
可是昨天

你才在葬禮上與他相見
葬禮中唯一躺著的
你記得他的每種樣子
唯獨不能進入
他的現在
被排除在外的時候
你不知道怎麼辦
世界總是很難
母親問
你回家嗎
你想回去
但葬禮每天
總是重新開始

老是迷路

我還在那
坦然
我想你
並對別人說起
對著別人哭
自己一個
面目全非地哭
你到底去哪裡了
每次這樣問
我也不知道

自己在哪
誰能夠回答
有段話說
被越少人穿過
你的火
熄滅得越慢
我想你是穿過
別人太多
風雨滿山
遍野的死
吟唱你的往事
我在這之中
走不出去

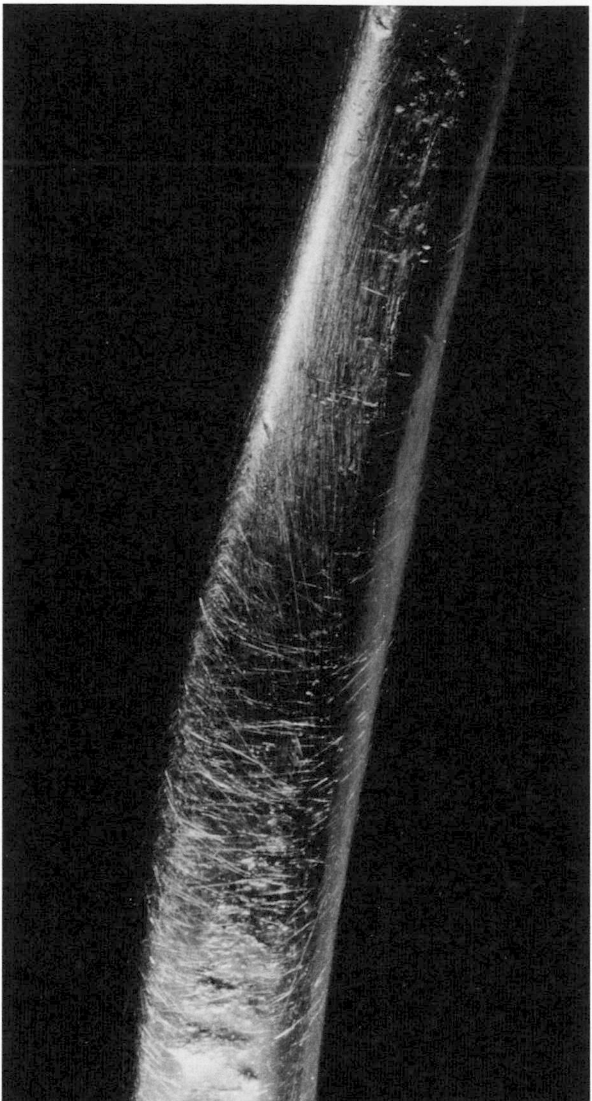

作夢

寫給長子

天氣好的時候
我會陪在你身邊
日照透過窗
打在我們身上
你瞇起眼睛
偶爾想要出去
我留在房裡看看你
你留在房裡讓我看看

天氣不好的時候
你常常也想出去
淋雨或者進入外面
勇敢地拒絕窗戶與我
我只能去找你
想著你的身影
也去了外面

但其實我害怕
和你一起出去
我害怕給你一片草原
儘管你已經有你的
但我的草原

會讓你離我而去
因為害怕
所以你陪我留在原地

有幾次你生病
帶你就醫
不知道為什麼
我看到你慢慢走到了快樂
而寬廣的地方
在那裡優雅而放縱地奔跑
我還在房裡
等待你的每一個決定
從沒想過

要把自己的愛放在遠方
讓你依循離去

後來我也去看了醫生
他說我傷心過度
你有自己的生活要過下去
他不知道
我常常去那個地方看你
他又說了些什麼
我不知道
我低頭
看你蜷在我腿上
與我對望

背後跟著一片草原
你就是我的草原

起火

夏天
房子睜眼醒來
屋裡隱約唱起
一首歌人不能
進入牆歡快地和聲
牆勇於衝撞
人善於擁抱
歌迴盪在你背後

地上浮動的濕腳印

被陽光斷去後路
在原地死
衣櫃上有一些
扶手上有一些
它們回到原地

冬天以及春天
年復一年死
冬天死前抓下自己的頭
丟向春天的腹地
滋養萬物
鳥叫蟲鳴
花開怨恨

整個春天都盛放
冬天持續變長的頭髮
而夏天採收一切

夏天
熱嗎
每一株種下的
生長的
它們聲張
世界豐饒
過去凍傷失溫的
夏天
允許你

把自己燒盡

忘了

他生前就是你心裡的鬼
死後也不過
多了另一隻鬼
鬼
是四下無人
光線微微
空氣裡
灰塵依附著
坐在你肩上的
另一段長髮

他說都已經
過去是空無一物的
午後
像現在
你知道自己跟鬼
沒有兩樣
你們都在沙發上
但沒人相信鬼
你同樣被存在否定
而鬼呢
不能跟別人提起
你不是鬼
但你不是嗎

過年過節

他們都說這是最後一天了
若要迎來新的
若要遠遠拋下最後
得要出去
得要相愛
最後一天了
你結婚生子嗎
你有愛人了嗎
是否符合世界期望
做一個保護自己的女人

温柔可人
優雅漂亮
問起你想要什麼的時候
不要回答
要把內裡銳利發亮
能夠殺人的鈕扣
收好
刀子總引來其他刀子

昨天晚上

昨天晚上，下雨
和往常一樣，沒有人哭
大家都討厭濕
討厭被水流過去

若提到沖洗
便會有人發瘋
說乾燥才是理性
而值得被理解的
沖洗可以做到的事情

衛生紙也可以
生活不應追求
不同遭遇

你也是
從來不濕
我整晚在你的草叢裡
走踏奔馳
往深處掘土
也等不到
清晨的露滴
一天乾等
一天不善於濕

昨天晚上都下雨了

誰可以發明
別人的潮濕
誰可以發現
昨天晚上
只有我濕

床邊故事

有一次和母親對談
她說世界上最大的
流浪動物
是海浪
那些浪
一不留意
就會攀爬到身上
傳染逃亡
小時候信以為真
總是喝著海水

然後希望它也將我吞下
以為自己終究不再被挽留
但母親一直都在
一直牽著我的手
她說快看啊好美
但我不知道為什麼
我得留下

長大之後
我開始失眠
夜裡
看見比夜更黑的手
突然之間

從天花板伸向我
而後爬出一個人
倒吊著
看我
並不感覺恐懼
或者驚喜
只是試著
和他說話
但他從不回應
四點過後
他就會再次伸出手
往右打開一扇門
隨後像是影子

那樣依附在上面
等待被光撕碎
我問母親那是什麼
她回答我可能是某些
自由的靈魂
我們死了以後
也會變成那樣
哪裡都可以去
也哪裡
都不能去
我又問她
那是流浪嗎
為什麼有門可以回去

母親只要我別說
別說
生命不能拿來說嘴
說破了
就沒了

萬一自由只是虛妄的
我們也不能說

我們得從現在開始

你體內的
那些
這些
還沒有
聽過抒情歌的
雨聲
和已經
斑駁濕透的
青春
要開始

從現在開始
長大
並且烘乾

練習
寫給葉青

不愛你了
離開之後
就算天塌下來
我也不回頭看你
也不
後悔得朝你跑去
甚至不像平常那樣
習慣安靜地
聽你說然後

安慰你兩句
珍惜你眼底的
慌亂失措的酒杯
我不要了
不要

儘管這些
我都做不到

小狗

請你愛我久一點
像十年、二十年
或者一百年那麼多
可以的話甚至再多一點更好
比如永遠
永遠是甜蜜的
是一朵花的開謝
永遠是外擴而後沉潛的水
永遠是瞬間
永遠是疼痛而蜷曲的手指

是打不開的石頭
不融化也不理解恨

你愛我
應該讓所有人知道雖然
甜蜜地渴望不告訴任何人
我愛你
但我的愛一無是處
儘管如此還是請你一直愛我吧
抱著我然後
一直愛我
愛我很久
讓我知道

我不是一個人求生

自憐

你的眼光
在我的心裡濕
夜晚的時候
和路燈對話
和雨一起下
像海
有傷而不憂傷

我已經能夠
獨自入睡

用你的眼睛調味
一天
夢裡一樣有你
關注而
不聞不問
慢慢把我擦乾

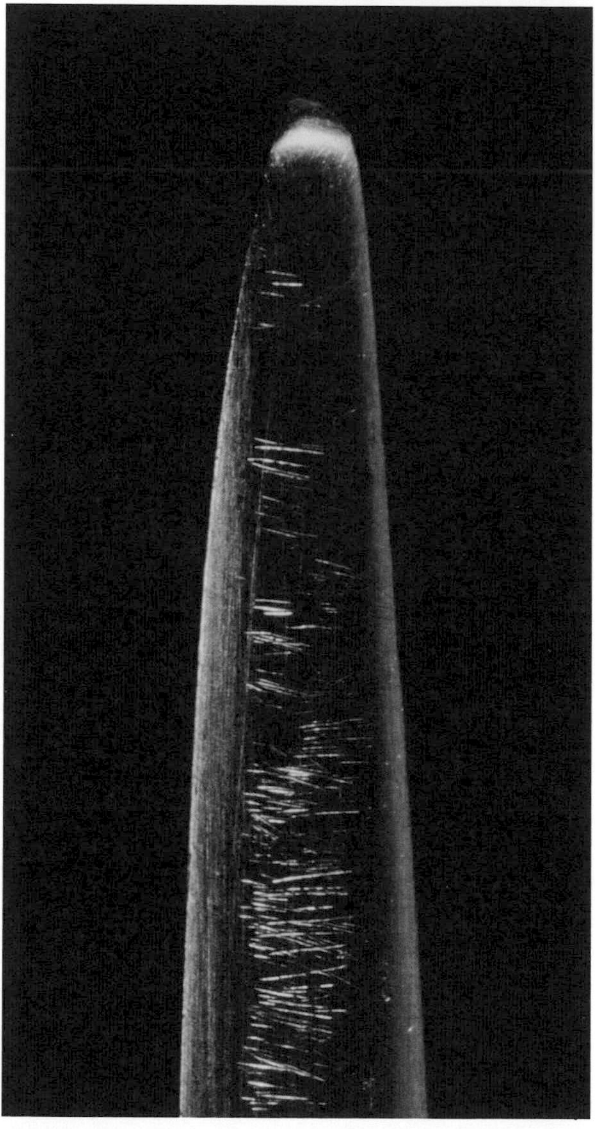

擁抱的時候你問我

得到美的東西之後要幹嘛呢
我說，想和它們相愛
非常清澈地
相愛，然後仔細
觸摸它們的透明地帶
互相索取更深

但我的愛很少
常常只能把它們收在籠子裡
偶爾才全力愛一次

它們因為太少使用的緣故就不愛我了
只願意用冷淡的手勢托住
我枯萎過久的情話
對不起
要時時刻刻都愛著太困難

我每次想說愛你的時候
都被美完全充滿
等我愛了，它們又不在了
我的愛是愚蠢的葉子
從不在對的時候落下

可是我是愛你的

你明明知道

日常用法

每天早上起床
都不吃早餐
先去確認每個盒子裡的
灰塵，以及盒子外的
那些東西電腦上也有
檯燈和書上更多
然後得重新認知光
與它的裡面
所有的塵埃
只要有水就能擦乾淨

只要洗手我也會乾淨

而夜晚是困難的
清醒的疲倦與憤怒
俯拾即是
我在房間裡
與它們進行碰撞
像一場舞
煽動而且安靜
腳趾甚至忍不住
緊縮直到中場休息
就各自
回到自己的位置

我也把掉在地上的
被弄髒的或者歪斜著的
放回櫃子裡
聲音也是
我把它好好收進指縫
擺正接著看他們
再次落下
像是目睹自己落下
它們都有我的臉
都不能回到
最美好的位置

我也知道

它們永遠
不會被真正擦乾淨
跟我一樣
如果我還擁有
乾淨的念頭

日常作用

我們共享一道牆
牆上有明確的分野
從哪裡開始屬於我
哪裡之外又是你
花花草草
沿著我們的情緒
用力生長

我們可以

老死不相往來
做一個假裝友善的鄰居
面對隔壁，日復一日
總是對自己不滿的裝修聲響
不抱怨，也不報警
碰面的時候就輕輕點頭
淡淡帶過，忘了
剛剛還想衝出來的
一隻憤怒的狗

每天，都有人
與暴亂對峙或者
讓孩子被哭聲引誘

只是，他們不激動
什麼都想讓別人聽到
後來我慢慢把牆加厚
這樣至少不會聽見眼淚
撞擊水泥的聲響

動了這個念頭以後
夜晚便夢見牆
它說沒用的
我問為什麼
牆回答我，徒勞
是人類的集體天性
而你除了徒勞，還不知變通

醒來之後
感覺牆慢慢深入
變成我的樣子
彷彿牆繼續存在
而我並不

焦慮

白天的時候
把掉落的頭髮
丟在白色的瓷磚上
看著他們
慢慢聚在一起
告訴自己
不要掃

晚上的時候
頭髮把掉落的自己

都餵給窗外的黑暗
看著他們不分彼此
告訴自己
不要怕痛
在被拋棄之前
就對著鏡子
把頭髮拔光

變深

母親從來是巫婆
教我懂得叛逆
懂得烏鴉
懂得熬湯

折斷自己的掃帚
把自己變成母親
掃帚變成白髮
俊俏的鼻子變成
庸俗的日常

把自己變成母親以外的
女孩
沿著母親走來的路
蓋上不同氣味
告訴他
如果斗篷已經不見了
記得看看爐火上的湯
湯裡
我們的眼睛
背對自己

鬼已經走了

你知道了嗎
他走的那天每顆草上都有雨
森林冷清
窗簾再學不會打開
因為連他都不在
空房子不會自己
不可救藥
不需要再哭
沒有人記得鑰匙
沒有人理解門的

情欲流動
房間拒絕腳尖
腳趾已不難耐的癢
浴室無法主動潮濕
若沒有人進去
廚房的圍裙也脫下了
刀從體內拔出
此刻他已心滿意足
不要你了

今天過得好嗎

生活因為想變得更好
而更糟了
好常常刺傷腳步
好常常徒勞
你死了之後
我不算好
也不算不好
你好嗎
我顯得虛偽
如果不好是常態

如果我想聽
你說不好

也善

死前你想
與過去和解
那些你做錯的
年輕時一無所覺
老後終日不安
但會有人原諒你嗎
原諒你曾
那麼露骨
傷害無人目睹

我想會的
你要死了
死在黑暗中
劃過一生的錯
那些高掛在天上的
都被死摘下
但不要誤會
不是原諒你的錯
比起持續犯錯
在你的葬禮哭
更善良

活下來的人

才哭
你想道歉
只有你聽

不善

沒有老人真正獨居
陪伴圍繞在日常的
各種鬼
有時死去
有時活來

你始終在等待
等待死亡
不是等待被死亡帶走的
那些愛人

以及不能再撥出的號碼
而是任憑愈來愈鮮明的孤單
慢慢捲起
他們最後的回憶

老人終日不死不活
自成地獄
手腳褪色
漸漸失聲地
面向徘徊在眼前
刺眼的時間裡
比鬼
理解鬼

鬼的一成不變

偶爾被一首
幾十年前的歌曲打開
吸入黃昏的色澤
內裡爬滿海浪
面上不過幾條皺紋

你明白
今天和明天沒有差別
昨天也從不完美
過去的夢境
再也不能哭響指尖

愛也不再令人美滿

年老
不得不獨自
變慢
越來越慢
走在世界的身後
總有一天
真正被拋開

不言不語

如果相信神
一定是因為祂懂得
祂不需要回應
甚至不看我一眼
不理會禱告
不接受來到祂面前的
脆弱地只能跪在地上
卻一點也無法謙卑
直到終於羞恥地
摘下自己的頭

神也不會說一句話
祂沒有什麼可以告訴我的
我已經被祂的沉默理解

如果相信烏托邦
一定是因為它從來不循著呼喚
試著靠近

如同相信貓
不輕易被誰找到
儘管它就在眼前
我也無法證明
它如何使我到達
以及退卻

就像某些快樂的掌紋
輕輕一抹
就沒人知道
它是否曾經降落
比黑暗更多
除了我

獨舞

遺憾的是
舞會並不常有
所有的人
都躲在庸俗
而孤獨的日常
習慣各自在房裡
聽聞他人造愛

惡鬼
都在舞會裡

祭祀並
善於邀請
不懂停下的
圓圈
觀望它的因果
依照輪廓掐滅
每一舞步圓圈
也只能輪迴
輪迴是白紙
給予顏色給予
業給予惡鬼
圓圈即為惡鬼
而惡鬼走入

自己的房間醒來
還是惡鬼

巫

那日
你做了一個夢
遠方有雷
稻田上滾著
黑濁的風
青草有意識地
聽從呼喚垂倒
石頭在眼前
鋪滿腳下
擺排為陣

夢裡沒有人
你在夢裡
你不是那個人

醒後你突然懂了
你路過了誰的餘生
充滿異象、卦意與
自然啟示的
餘生
它要你從此
懂得投石問路
懂得一顆石頭
遠比你生活至今

更柔軟
更傾向被打開
它就在那裡
等你前去

那日後
愛人時常不安
細細凝視你
但不說
看你一路沿著石頭
沉默往沼澤走去
一日一日
愛人安靜地跟著

幾年後，突然
你才聽見愛人腳步聲
像是宇宙未知的卦象
在內裡抽長展開
但沼澤已在眼前
裡面有不停
召喚你前來的細語
愛人帶著雨回應
雨中輕輕飄著
愛人心跳
一聲一聲
蓋過雷、蓋過風
蓋過所有遮擋

你身體和腳步的神意
如果真的有神
神在沼澤裡
你是沼澤

而愛人
對走進沼澤
毫不猶豫
但沼澤是錯的
裡面沒有東西
愛人向你走來
愛人才是你的卦
才是你的日常

日常沒有天敵

無夢

夜晚
遠處每一點燈火
都很美
美得你以為
就是世界
於是你向燈火而去
你身在其中
慢慢燒去自己
原本身處的遠處
不再飛翔

不再對美穿引幻想
在地獄
期待下一個地獄

倖存者的葬禮

親愛的
知道嗎
人若在無知的時候
面臨任何成功
都只是
因為幸運
你能想像嗎
人依循本能而去
做愛
做死

做生
做生不知死
做死不知愛
多少意外降生
因為幸運
我們經常死透
因為幸運
意外就是生活

如果還可以做愛
我必定
在活著的時候
寫信給你

不知道我們之間
誰離幸運更近
不重要了
你知道
時間有限
並不重複
或者更好
幸運如是

人在分離的當下
不自覺道別
再等不到
下一次相見

而我們不說
我們不需要
自己的葬禮

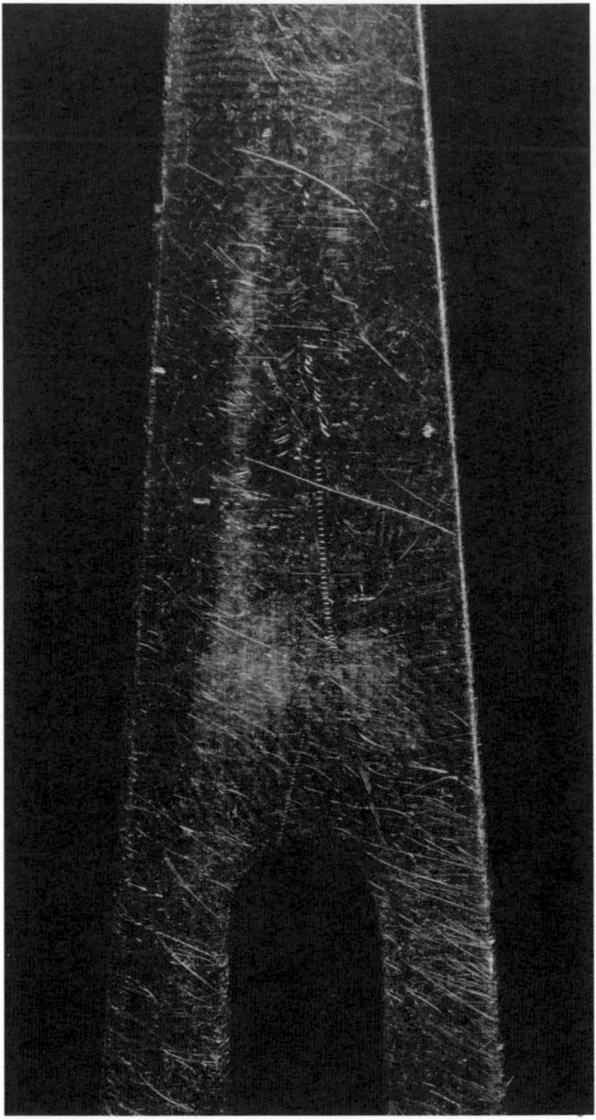

這即是愛人的必要

你的甜點傾向是
水管的彈性以及
鏡子構造
儘管不好吃
但你喜歡
花朵反正也不好吃
神明反正也不好吃
而森林只會是
他們的綜合
世界依舊

棲息在這之上
你呢
你覺得愛人
好吃嗎
食用方式是否
咬碎比較好
自問自答
你說
愛人不是甜點
愛人是土地
是海是山
愛人會使森林僵硬
神意靜坐

最終只留下一棵樹
把你截碎

神諭

沼澤裡有兩條蟲
吃掉彼此後
慢慢也沿著邊緣
吃掉花草
樹木過於巨大
蛇都吞象
幾隻螞蟻路過
也吃了
蟲吃了周遭所有
東西都不完整

牠立志成為沼澤
牠只想是沼澤
那片孕育牠
每顆尖牙
腐爛汁液
天生盲從的眼睛
沼澤
牠向沼澤前去
而沼澤只
獨自黑暗發臭
凝視也不

遺囑

書櫃裡的紙條
留給我的貓
對他說過的情話
是我所有甜蜜的總和
剩下的字
我寫好藏起來了
讓他在我死後費心
去找我
因為我的影子沉默
我不在

生產後留有的疤
送給母親
我是母親的疤
結痂了就從邊緣慢慢
摳下來隨手
丟在地板
一次只能撕一點
不然會痛會有血
如今我回到世界的疤裡
期許母親還是母親
但我知道她會成為
蒼老的河

有盡
盡頭更快

手指
留給愛人
我死後他仍需要
我的觸摸
我在他右邊躺下
靜靜看他
把手指握在手裡
融化
他總是這樣
太用力生活

現在他用力哭了起來
我輕輕親吻
他的嘴唇
想吃下他的力氣
睡覺時間到了
但他說我愛你
我是鬼
被咒語驅離

而女兒
什麼都請不要給她
我已離開她的身世
讓愛人做她的浮木

讓母親是她回家的路
讓貓與她戀愛
我已拉長我們的臍帶
在散步的時候
從另一邊離開

取暖

冬天尾隨我
走進房裡
和我一起
躺在床上
自言自語
自哀自憐
讀書或者做夢
冬天始終
不正面回應
但如果不冷

怎麼知道是冬天來
但如果冷
怎麼知道冬天裡
更冷的
其實身在其中

在那之前

要怎麼走入冬天
忍耐身在冬日裡的一切
你總是不懂
放軟肌膚
貼近由內而外的
每種熱切
用自己的冷交換

一隻鳥
在冬天

如何銳利如何
切斷身後
每一次風頭
在片面中敘事
牠的飛行
牠的遠方
取代遠方

說得太多了
親愛的
這個冬天
我們說得太多
容易熄滅

你知道在冬天不能
做些什麼嗎
不能獨自離開
有些地方
如果黑暗來過
取暖也不能求生

時日不多

冬天原本並不冷
雨天也是
不至於冷得
讓人破碎
有人說那是因為
冬天就在體內
而雨就往裡面下
但我知道不是的
就算是雪
如果願意求生

也會熱

只是一個寧靜的晚上

我毫無求生意志如常
一個人在家中
找不到一片求死的內裡可剪下
電話響起
屋裡唱過一道閃電
是個老男人和一位老女人
我不說話
開門，開門啊
我們把可能帶來給你
我問你們是誰

老男人回答
我不能說
因為我的可能就在我身後
只要轉身
它便會撲過來
老女人說
我是可能

掛電話後我打開門
獅子、老虎與狼坐在門外
身後響起魔幻的顏色
屋子的角落有人
說讓牠們進來

你們可以
成為彼此的可能
我走到角落
發現他已經失溫

那三頭野獸已經住在家中三天
我想知道
誰會先殺死我
可是誰都沒有動作
大家默契地被白色走過
不和誰多說一句話
可是每天都偷偷靠近
小心翼翼地

追問對方漸漸走失的邊緣
我開始想知道
誰會先變成我

一日，獅子站在大門邊
眼裡有顆石頭丟向我
他說他要出去獵食
沉默地打開門
老虎尾隨在後出去
家中只剩下我和狼
背對彼此的身世
我問他你不出去嗎
外面的人都懂得恐懼

狼回答我
我從沒打算吃你
以外的人
我感到無比欣慰

獅子和老虎
叼回一個男人
小腿被咬出一個洞
表情和死魚一樣
他們身上飄散著
不能證明的黑色告訴我
這是給你的
你可以和他做愛

或者殺死他
你應該被當下抓住
我卻只是為男人叫了救護車
對方問我他怎麼了
我回答他求生意志太強

半個月過後
他們已不再出門狩獵
身上漸漸長出人類文明一樣的灰敗
晚上我坐下
問獅子，你已經變成我了嗎
他回答不，我想活下去
我又問老虎，你想變成我嗎？

他只是反問我，那你呢？
我說我得考慮一下
因為我哪可能那麼美呢
那麼為了活而野蠻細膩地咬
最後問了狼，你會不會變成我？
他卻回答，但你已經變成我了
淚水翻過我
欲望指紋的肌骨
狼問我，這不是好事嗎
你不是你而是我
我回答，不對
是再不為人

天亮時分
獅子領著老虎和狼來道別
獅子搭著我的肩膀
近乎哀憐地擁抱我說
我從沒想過要吃你
我是不吃死肉的
他深深地凝視我
如同見證了一場遠方失速墜落
沒多久便走了
我坐在床上像是
被剝開第一層的俄羅斯人偶
直到老虎來到我面前留下一塊肉
說這是上次

那個男人求生的證據
不等我回答
即躍出窗外
我望向狼
他卻只是低低地笑著說
跟我走吧
我保證我會吃了你的
我回答我沒辦法主動決定
你作主吧
狼不屑地轉開頭
他說可能是不會放過你的
便消失在床底
我一個人留下

和那塊肉

坐在床上
我試著思考如果
我和他們一起走
如果他們吃了我
如果我還有生與死的可能
如果感覺痛
那大概是
因為生活不能圓滿的緣故
這個當下
我從床上醒來
無法確定自己是不是還有顏色

窗戶開著
門開著
燈也開著
這個家的每一處都被打開
天空被風吹進來
我的肋骨也被同化
還有我腳下的
從掉出夢境的那塊肉
以及我背後
重新長出牙齒的老女人

見證

我死後
你是否感到
抱歉你的刀
太鈍

就把我放在原地
像你找上我那樣
會有其他影子
緊跟在你之後
途經豔麗

日光沉默的樹
招人的枝葉
世上每一種汁液
土地都理解
就像世界
逕自盛放
一座海洋
你說我就是
讓你難耐
每個人都喜歡
我身上的紋路
被澆熄

你是神
你應願而來
讓我寫下破碎
日常成為一根
插在脊骨上的針
愛欲癱瘓
地獄允諾我的一生
都痛苦得
無法想像
我又寫下心滿意足
反覆活下
同時準備死
我死

我死
我死的時候
神已經幸福快樂

我死後
神倖存

神的心理諮詢

為一棵樹安排
一場音樂會
在雨天無法挽回
樹是否會開門
迎入整場演奏
和他談談兩者
誰更難以沉默
更難以自然
更難以
經過天地

而不垂敗

樹下的人
鋸樹
鋸子選擇割愛
人選擇樹
而樹只能是死
死前告別每一隻蟲
與鳥到更遠的地方
不再想人了
那個避雨的人已經
理解鋸子

同時
雨下的人
打傘
撐過人群
和傘不知道
哪個更易傷感
大家都背著雨哭
祈來另一段雨聲
雨不選擇
它只是下
人躲不開
樹不躲
樹把雨弄濕

但這一切都過去了
而雨一直記得
第一場雨下的日子
雨還小
花開了
有人把雨煮沸

人最終走向神
輕輕跪臥跟前
虔誠問候
一切都好嗎
好得讓神後悔嗎
神造了世界後

造愛
也造人
人才是世界
好嗎
愛人好嗎
被愛會造神

神不答
神在雨中
樹下目擊
自己

十月病

你嘗試過嗎
對自己下毒，十個月
那之後
十個月前的樣子
便會每天來與你索命
你成就
自己的厲鬼

你的每一場惡夢、美夢
劇痛和痊癒

都不是真的
你的善意連同溫柔
也不是假的
只是憤恨和無力
那麼強烈
有時候你很難說服自己
這樣已經可以了

十個月
無聲、壓縮而又萬物
神靈照應的十個月
你始終充滿疑問
養滿厲鬼的內裡

如何回應日常
後來你終於懂了

那日母親前來
站在床邊，你醒來
發現她氣味與你相近
母親甚至沒說話
靜靜看你
你體內的厲鬼
突然歡快起了
是了
眼前不就是
從小養育你

愛你也
和你彼此拉扯抓傷的
第一位厲鬼嗎

無處

親愛的
你理解嗎
把我逼瘋的
不是這座陰森
城市充滿港口
或者山頭
唯獨沒有門
你無處可去
你一無所懼
原地使你無感

而我原地打轉
我還在原地
等待剛剛
還在身邊的人
他們都死了
我等自己死
等自己
成為原地

不跳

不論多久以前
有幾個
美麗的世界
從這裡加熱
跳下去
裡面你愛過誰
撫摸過他哪裡
知道每種姿勢質地
甚至彼此相愛
都於事無補

要知道
就算你
再跳一次
你為了他跳
跳過那些
愛人憂傷的路徑
途經那些恐懼的
卑微窒息的縫隙
在那裡撿到
他漸漸熄滅的
還想要再燒起來卻
失溫的剪影
曾經崩潰

你也不能
沿著這樣的邊緣
找到愛情
他已在頂樓
留下餘生
而你
已不能跳
你就是那座大樓
你是寒風銳利的高處
你是眼睜睜
讓他跳下去的
那座大樓

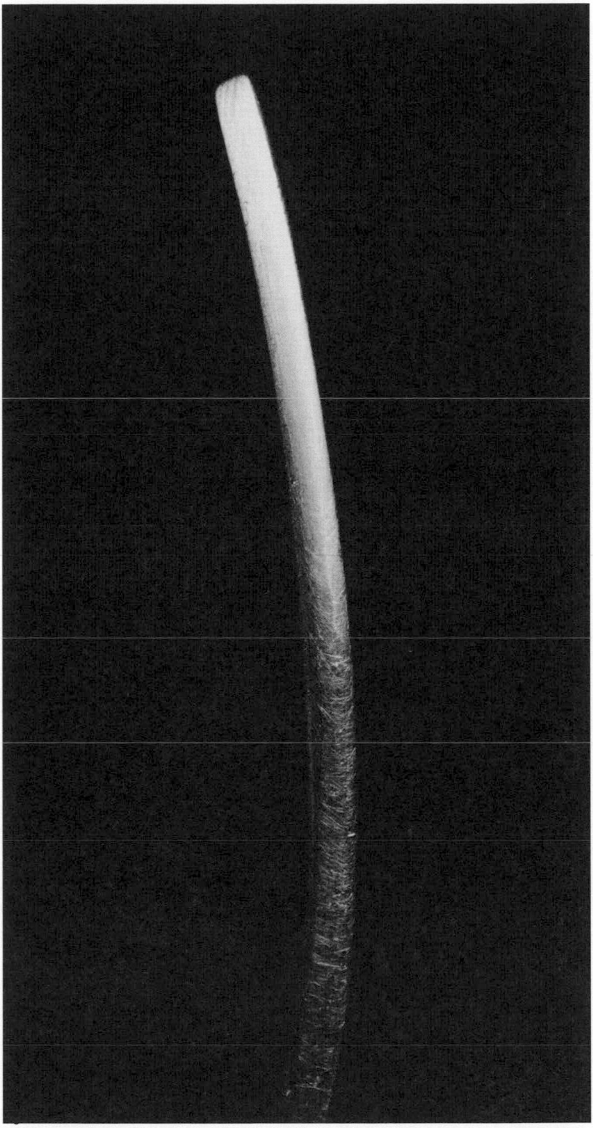

沒錯

有一段時間裡
總是將豔陽
聽成遠洋
問你為什麼呢
你回答
其實意思是一樣的
不理解地
靜靜看你
你說
是一樣的

一樣
讓人活不下去

暫時通話

你看見烏鴉從西邊來嗎
那些黑色
會把脊骨截斷
內臟也冰冷
我始終在你背後
焚香祈禱
一場雨
不讓夢靠近
你孤立無援
我也就無依

只是你從不曾回頭
我也不曾
在你眼裡

雙眼皮

今天很深
很深
像是詩人的夢
拉你到更深的地方後
就擰出水來
但質地憂傷

裡面沒有金屬
也燙人

樂園

等我們都老了以後
你是狗，我是你
心愛的枕頭
我們之間
愛情的證據是
總有一天
你會將我咬破
這是最讓人滿意的地方
我們都不渴望
重新來過

發現原來我們沒有
自己想像的悲慘
所以只好哭了
既不心痛，也不憂傷
純粹是
想讓自己更慘
因為這樣更美
更符合
人生規劃

把握

你知道
我從不做
那樣的事情
觸碰別人的
顏色
含在嘴裡
卻不能吞下
豢養一隻良善
烏鴉無由不幸

如果樓梯上偷窺著
是你愛人
那我背後捏的
疼痛的眼睛
便只是無有歸期的鳥

兩腳動物

每次在路旁
看見脖子上
有項圈印記
卻沒有人
安撫注視的貓狗
就忽略不了他眼裡
和自己相似的倒影
無法被風吹斷

忍不住想像

過去有誰
短暫地
和他擁有愛情
他曾經為那個人
毫不遲疑
用兩腳站立
讓自己更靠近
變成人的時刻
相信昨日甜蜜的承諾
奔跑著直到今日
還想回家

最後太累了

身上因為諾言
有了太多傷
再無法回應任何
嘗試要靠近自己
而趴臥成四腳動物的人
他於是躺下
感覺自己
比站著的時候
更輕

栽樹

一個人的時候
你在天際
和他人保持距離
獨自生活
獨自開心
看看腳下紮根的
人們痛苦又不抗拒
徒勞並且忘卻
如何腳不著地
如何只讓自己

鬆動自己

終於你遇見一個人
自願被他輕輕捧起
拖下人間
雙腳種入土裡
每日等待
他帶給你的癢與痛
餓與傷
渴以及其他更大的
赤裸
現在你們兩個人生活
但你還是一個人

留在原地
等他來
背影嗷嗷待哺

除了他
你也見過一些
温暖美好的事物
壯盛柔軟的人
他們和他一起
把你埋的越來越深
可是只有自己堅定
沒有用
有些人突然離開

有些事退出你遮蓋的範圍
慢慢只剩下他
每天澆水
撫摸以及對你示愛
你以為你們還有
下次更好的相遇
結果沒有
他終究不是農人
種下你
已將他用盡
於是他走入你身邊
早就挖好的墳
讓你的餘生

鞭長莫及
讓你的餘生
都渴望倒下
都思考
怎麼讓自己
順其自然地
把自己截斷

回家

若有什麼是深深困著你的
把它放在桌上
等母親來
母親
會砍斷你的心

搭車返家

每一個看起來
和那個夜晚
相似的夜晚
都讓我突然
在衆人面前哭出來
類似的路燈還有
類似的移動
類似的
經過我身旁的先生
類似的

慰問我的女子
他說我可以為你
做些什麼嗎
我不祈禱
不再默念你的名字
不去想這一切的意思
我什麼都不做
這樣一來
你就不會再收到我
寄出的每一天
反正你也把地址
身世從土裡抽出
沒人可以找到你了

你是安全的
我並不
女子還在等我答覆
一場驟雨
蓋過我的棺木
如同我前去你的棺木

之一

不知道什麼時候開始，總是作夢，夢見空氣都彩色斑斕的山間，夢見曠野上身穿白衣臉帶京劇妝髮的男人對我投以無聲凝視，夢見無數次與他人激烈搏鬥，夢見在水底與無邊巨大的水中生物和黑暗擦身而過，夢見月亮有金黃妖異豎瞳，夢見山嵐間騰雲駕霧的白衣白髮人，夢過太多，偶爾因為夢境太過真實驚醒，感覺自己剛才不在這裡。

成為母親之後，夢變少了，有可能是因為失眠的緣故，也可能是因為母親只有十分之一的自己的緣故，自己少了，夢也就少了。

偶爾還是作夢，但經常累得脫離時間軸，連是哪個時間點夢的都不記得，也就不確認是不是真的。包含前幾天晚上關燈後，吊在床尾的眼神。

之二

我曾和愛人約定不能以任何形式外遇，於是時常與愛人演練若遇到這種狀況應該怎麼辦，他總是老實回答：「我不會說不可能，但我一定盡力避免它發生。」是以出外與他人碰面聚會，愛人不論跟誰都保持距離，網路使用也交給我所有平台、郵件使用帳密，走在路上不敢看女生，看見了就在腦袋裡面代換成我的臉，滑手機跳過所有異性消息。像是某種潛意識練習，反覆說服自己。

某天早晨，他用力從床上撐跳起，似乎做了惡夢，我恍惚間立刻起身安慰詢問怎麼了，結果愛人回應：「我夢見我差點就要出軌了，在夢裡，一想到這樣會讓我失去妳我就覺得完全不行。」於是他嚇醒了。

可能是因為我說過，如果真的發生，我不會猶豫的關係。

但其實我也無法確定。

因為換我做夢了。

我夢見愛人要離開我了，和另一個人在一起，做愛、擁抱、親吻，所以在夢中劇烈地哭了起來，拿著球棒把我們住的地方砸爛，愛人就站在身旁一言不發，看我崩潰，然後問他可不可以走了，我卻因為哭得喘不過氣而憋氣憋醒。

醒來後我告訴愛人，夢裡我們要分開了，怎麼辦？

他抱緊我，說出一些了無新意但重複一百次也沒關係的回應：「你知道那不是真的，我就在這裡，全部都是你的。」

全部聽起來讓人動心。

之三

每過一個月左右，某一個休假日，我會難以忍耐地進入打掃模式，把家裡所有我覺得需要重新看過的角落清理一次。不一定是那個角落髒了，而是我已經超過一個月沒有觸碰、確認那個位置的狀態是否安好，無法清晰感受自己與那些部分的連結，感覺很喪心病狂，這種喪心病狂驅使我必須整理。雖然生活太難，常常我必須允許自己維持在喪心病狂的狀態。

家裡的乾淨總是比路人問候還讓人感覺清爽。

比如大樓管理員笑笑地問：「什麼時候要生第二胎？不想要一個男孩子嗎？」我思考要不要走進藥妝店買一打保險套。

或者在工作場合遇見同行，他翹腳歪頭說：「這你懂嗎？這是男人的事情啊。」感覺地板應該重新拖過兩次，點燃薰香淨化家裡，燒完之後再開空氣清淨機。

懷孕期間，有一次過馬路，被一位太太拉住，仔細教育我以後如何呵護嬰兒的皮膚，要我生養孩子絕對不可以如何如何。今天天氣晴，要把所有的被單床包拆下來洗，吸過床墊，打開一點窗戶縫隙，拉開窗簾，讓陽光湊近。

果然整理是令人欣慰的，儘管常常感覺喪心病狂。

獻給我的小寶貝貓帝

禪

母親

W

爺爺

外婆

言寺65

潔癖

作　　者：林夢媧

總 編 輯：陳夏民
編　　輯：劉芷妤
封面／書籍設計：小子
攝　　影：王志元

出　　版：逗點文創結社
地　　址：330 桃園市中央街 11 巷 4-1 號
網　　站：www.commabooks.com.tw
電　　話：03-3359366
傳　　真：03-3359303

總 經 銷：知己圖書股份有限公司
台北公司：台北市 106 大安區辛亥路一段 30 號 9 樓
電　　話：02-23672044
傳　　真：02-23635741
台中公司：台中市 407 工業區 30 路 1 號
電　　話：04-23595819
傳　　真：04-23595493

印　　刷：通南彩色印刷有限公司
I S B N：9789869817004
定　　價：350 元
初版一刷 2019 年 11 月

本書獲第三屆周夢蝶詩獎、
台北市政府文化局藝文補助、
國家文化藝術基金會文學創作補助

版權所有・翻印必究
Printed in Taiwan

國家圖書館出版品預行編目 (CIP) 資料　潔癖 / 林夢媧著 . --
初版 . -- 桃園市 : 逗點文創結社 , 2019.11　224 面 ; 12X19 公
分 . -- (言寺 ; 65)　ISBN 978-986-98170-0-4(平裝)　863.51
108014340